Otros libros de Marcus Pfister en español:
EL PEZ ARCO IRIS
¡EL PEZ ARCO IRIS AL RESCATE!
DESTELLO EL DINOSAURIO
LA ESTRELLA DE NAVIDAD
SALTARÍN

First Spanish language edition published in the United States in 1996
by Ediciones Norte Sur, an imprint of Nord-Süd Verlag AG, Gossau Zürich, Switzerland.
Distributed in the United States by North-South Books Inc., New York.

Copyright © 1991 by Nord-Süd Verlag AG, Gossau Zürich, Switzerland
First published in Switzerland under the title Pinguin Pit
Spanish translation copyright © 1996 by North-South Books Inc.

Library of Congress Cataloguing in Publication Data.
Pfister, Marcus.
[Pinguin Pit. Spanish]
El pingüino Pedro / Marcus Pfister; traducido [de la
versión en inglés] por José Moreno. 1st Spanish language ed.
Summary: Pete the penguin has a good time playing on land
with his fellow birds and learning how to swim in the sea.
[1. Penguins—Fiction.] I. Moreno, José. II. Title.
[PZ73.P4945 1996]
[E]—dc20 95-36187

ISBN 1-55858-547-8 (Spanish paperback)
ISBN 1-55858-564-8 (Spanish trade edition)
Printed in Belgium

Marcus Pfister

El pingüino Pedro

Traducido por José Moreno

Ediciones Norte-Sur
New York

Había una vez una colonia de pingüinos que vivía
felizmente en la Antártida. El más joven se llamaba Pedro.

Era tan pequeño que los demás pingüinos lo llamaban
Pedro el Menudo.

—No te preocupes —le decía su mamá—, los pingüinos
al nacer son siempre así de pequeños. Algún día crecerás,
y entonces podrás nadar por el mar como hacemos los
mayores.

Pedro pensaba que los pingüinos adultos eran muy
hermosos cuando nadaban entre las olas, y quería crecer
cuanto antes para nadar con ellos.

Pero cuando los pingüinos regresaban al atardecer y
se dirigían a sus nidos balanceándose torpemente, Pedro
no podía contener la risa. ¡Eran tan cómicos! Sobre la
nieve y el hielo, aquellos pingüinos no se movían mucho
mejor que Pedro.

—Les demostraré que un pingüino puede desplazarse con elegancia en tierra firme —se dijo Pedro, y así empezó su práctica diaria de patinaje sobre aletas.

Aquello era realmente divertido: patinaba sobre las superficies heladas y casi siempre acababa en el suelo con un sonoro golpetazo.

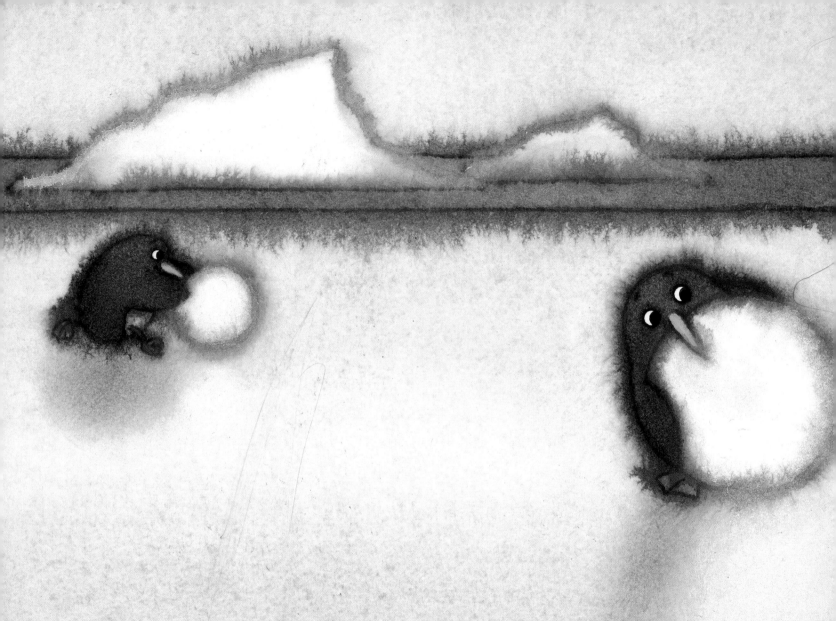

De vez en cuando algunos amigos se quedaban
acompañándolo. Entonces todos se divertían de lo lindo
jugando a las escondidas, haciendo pingüinos de nieve
o lanzándose bolas de nieve. El tiempo se iba volando.

Un día, una bandada de aves aterrizó entre chillidos
y aleteos en el islote de hielo donde vivían los pingüinos.
Pedro caminó con orgullo entre las hileras de pájaros.
¡Al verlos tan chicos se sentía muy grande y muy adulto!

—¡Hola! —le dijo uno de los pajaritos—. ¿Qué clase de
extraña ave eres tú?

—Soy un pingüino y me llamo Pedro —contestó él.

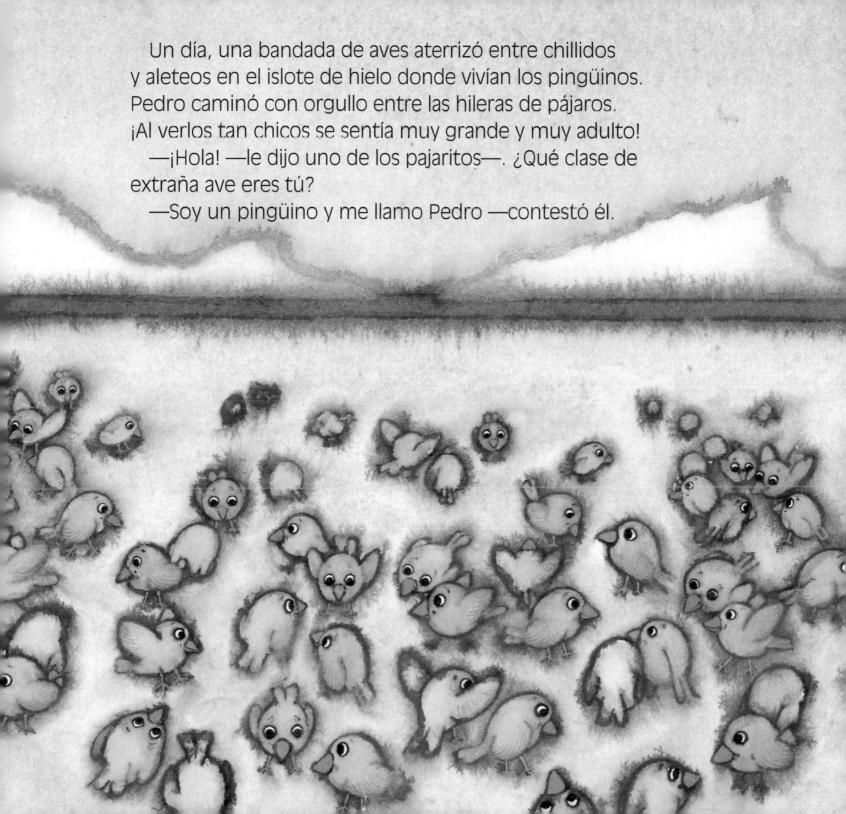

—Encantado de conocerte —respondió el pajarito—.
Yo me llamo Esteban. Veamos quién vuela más rápido.

   —¡No seas tonto! —dijo Pedro—. Yo no sé volar.

   —Pues ya es hora de que aprendas —dijo Esteban—.
Es muy fácil, sólo tienes que mover las alas con fuerza.
Mírame a mí.

   Pedro lo intentó una y otra vez, pero no había manera.
Sólo conseguía dar un breve salto en el aire.

Aunque no podían volar juntos, Pedro y Esteban se hicieron pronto muy amigos.

Pedro, sin embargo, quería volar a toda costa. Una y mil veces trató de despegar, pero siempre acababa estrellándose contra el suelo.

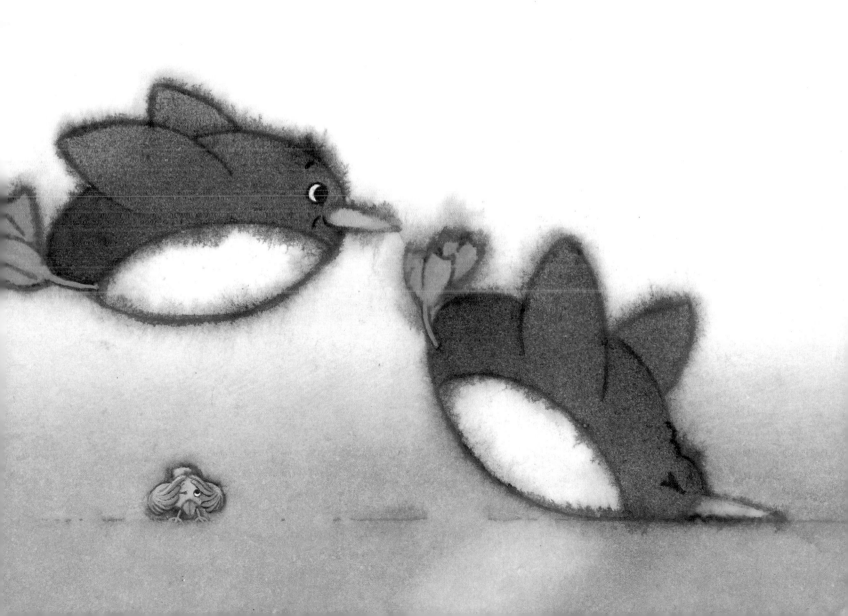

Finalmente llegó el día en que los pájaros debían partir. Esteban no podía hacer nada para impedirlo. Cuando los dos amigos se despidieron, unos enormes lagrimones de pingüino resbalaron por las mejillas de Pedro.

—No te pongas triste, Pedro —le gritó Esteban alejándose en el cielo—, estoy seguro de que el año próximo volveremos a este islote.

Pedro estaba muy apenado, pero su mamá sabía cómo animarlo. A la mañana siguiente le permitió que se metiera por vez primera en el mar.

Aunque estaba realmente entusiasmado, la idea de arrojarse al agua de cabeza lo asustaba un poco. Pedro encontró dos salientes de hielo en la orilla y descendió cautelosamente por ellos para dejarse caer de espaldas en el mar.

"Mañana saltaré como es debido", pensó.

Aunque sus primeros aletazos fueron más bien torpes,
no tardó en aprender a deslizarse por las frías aguas como
una anguila. ¡Hasta fue capaz de nadar boca arriba! Llegaba
último en casi todas las carreras y perdía cuando participaba
con sus compañeros en algún juego, pero Pedro era un
buen perdedor.

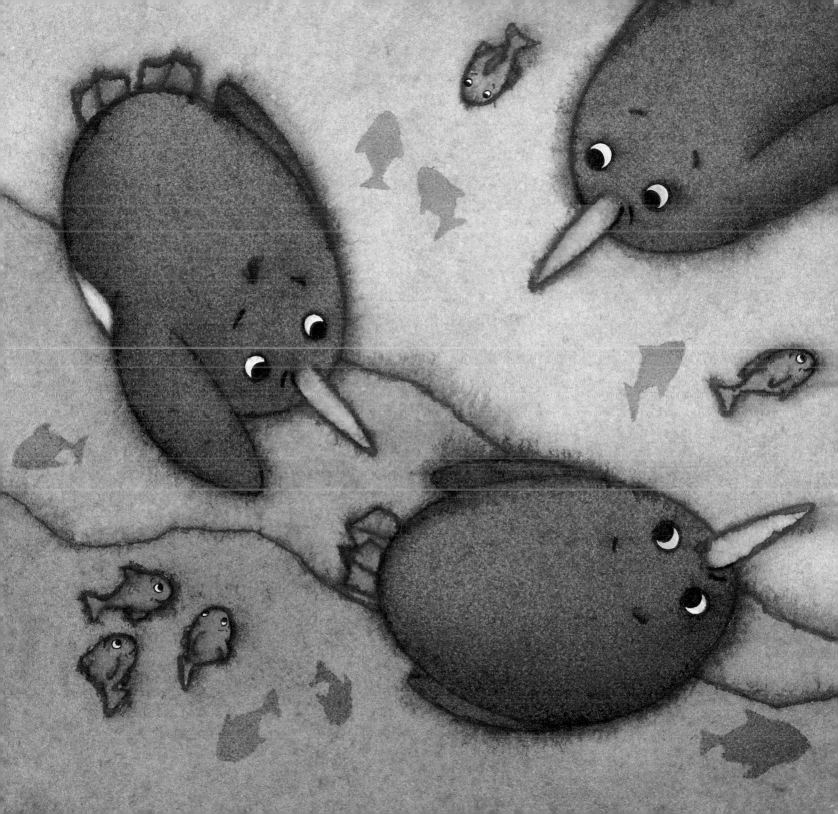

Observaba sin descanso los peces y las algas; detrás de cada roca descubría siempre algo nuevo. El mar era un mundo extraordinario y misterioso.

La luna ya había salido cuando Pedro regresó bamboleándose feliz junto a su madre. Estaba demasiado agotado para contarle sus aventuras, pero eso podía esperar hasta la mañana siguiente.

Se durmió enseguida, y soñó con Esteban, con el mar y con la zambullida que iba darse al otro día.

DATE DUE
